LITTÉRATURE

PAUL VALÉRY

LITTÉRATURE

nrf

LIBRAIRIE GALLIMARD

1930

Les livres ont les mêmes ennemis que l'homme : le feu, l'humide, les bêtes, le temps ; et leur propre contenu.

Les pensées, les émotions toutes nues sont aussi faibles que les hommes tous nus.

Il faut donc les vêtir.

La pensée a les deux sexes ; se féconde et se porte soi-même.

Préambule.

L'existence de la poésie est essentiellement niable ; de quoi l'on peut tirer de prochaines tentations d'orgueil. — Sur ce point, elle ressemble à Dieu même.

On peut être sourd quant à elle, aveugle quant à Lui — les conséquences sont insensibles.

Mais ce que tout le monde peut nier et que nous voulons qui soit — se fait centre et symbole puissant de notre raison d'être nous.

Un poème doit être une fête de l'Intellect. Il ne peut être autre chose.

Fête : c'est un jeu, mais solennel, mais réglé, mais significatif ; image de ce qu'on n'est pas d'ordinaire, de l'état où les efforts sont rythmes, rachetés.

On célèbre quelque chose en l'accomplissant ou la représentant dans son plus pur et bel état.

Ici, la faculté du lan-

gage, et son phénomène inverse, *la compréhension, l'identité de choses qu'il sépare. On écarte ses misères, ses faiblesses, son quotidien. On* organise *tout le* possible *du langage.*

La fête finie, rien ne doit rester. Cendres, guirlandes foulées.

Dans le poète :

L'oreille parle,
La bouche écoute ;
C'est l'intelligence, l'éveil, qui enfante et rêve ;
C'est le sommeil qui voit clair ;
C'est l'image et le phantasme qui regardent,
C'est le manque et la lacune qui créent.

La plupart des hommes

ont de la poésie une idée si vague que ce vague même de leur idée est pour eux la définition de la poésie.

LA POÉSIE

Est l'essai de représenter, ou de restituer, par les moyens du langage articulé, ces choses *ou* cette chose, *que tentent obscurément d'exprimer les cris, les larmes, les caresses, les baisers, les soupirs, etc, et que* semblent vouloir exprimer les objets, *dans ce qu'ils ont d'apparence de vie, ou de dessein supposé.*

Cette chose n'est pas définissable autrement. Elle est de la nature de cette énergie qui se dépense à répondre à ce qui est...

La pensée doit être cachée dans les vers comme la vertu nutritive dans un fruit. Un

fruit est nourriture, mais il ne paraît que délice. On ne perçoit que du plaisir, mais on reçoit une substance. L'enchantement voile cette nourriture insensible qu'il conduit.

La poésie n'est que la littérature réduite à l'essentiel de son principe actif. On l'a purgée des idoles *de toute espèce et des illusions réa-*

listes ; de l'équivoque possible entre le langage de la « vérité » et le langage de la « création », etc.

Et ce rôle quasi créateur, fictif du langage — (lui, d'origine pratique et véridique) est rendu le plus évident possible par la fragilité ou par l'arbitraire du sujet.

Le sujet *d'un poème lui est aussi étranger et aussi important que l'est à un homme, son* nom.

Les uns, même poètes, et bons poètes, voient dans la poésie une occupation de luxe arbitraire, une industrie spéciale qui peut être ou ne pas être, florir ou périr. On pourrait supprimer les par-

fumeurs, les liquoristes, etc.

Les autres y voient le phénomène d'une propriété ou d'une activité très essentielle, profondément liée à la situation de l'être intime entre la connaissance, la durée, les troubles et apports cachés, la mémoire, le rêve, etc.

Tandis que l'intérêt des écrits en prose est comme hors

d'eux-mêmes et naît de la consommation du texte, — l'intérêt des poèmes ne les quitte pas ni ne peut s'en éloigner.

La Poésie est une survivance.

Poésie, dans une époque de simplification du langage, d'altération des formes, d'insensibilité à leur égard, de spécialisation — *est* chose préservée. *Je veux dire que l'on n'inventerait pas aujourd'hui les vers. Ni d'ailleurs les rites de toute espèce.*

Poète est aussi celui qui cherche le système intelligible et imaginable, de l'expression duquel ferait partie un bel accident de langage : tel mot, tel accord de mots, tel mou-

vement syntaxique, — telle entrée, — qu'il a rencontrés, éveillés, heurtés par hasard, et remarqués, — de par sa nature de poète.

Le lyrisme est le développement d'une exclamation.

Le lyrisme est le genre de

poésie qui suppose la voix en action, — *la voix directement issue de, ou provoquée par, — les choses que l'on voit ou que l'on sent comme* présentes.

Il arrive que l'esprit demande la poésie, ou la suite de la poésie à quelque source ou divinité cachée.

Mais l'oreille demande

tel son, quand l'esprit demande tel mot dont le son n'est pas conforme au désir de l'oreille.

Longtemps, longtemps, la voix humaine *fut base et condition de la* littérature. *La présence de la voix explique la littérature première, d'où la classique prit forme et cet admirable* tempérament.

Tout le corps humain présent sous la voix *et support, condition d'équilibre de l'*idée...

Un jour vint où l'on sut lire des yeux sans épeler, sans entendre, et la littérature en fut tout altérée.

Évolution de l'articulé à l'effleuré, — du rythmé et enchaîné à l'instantané, — de ce que supporte et exige un auditoire à ce que supporte et emporte un œil rapide, avide, libre sur une page.

VOIX — POÉSIE

Les qualités que l'on peut énoncer d'une voix humaine sont les mêmes que l'on doit étudier et donner *dans la poésie.*

Et le « magnétisme » de la voix doit se transposer dans l'alliance mystérieuse et ex-

tra-juste des idées ou des mots.

La continuité du beau son est essentielle.

*L'idée d'*Inspiration *contient celles-ci :* Ce qui ne coûte rien est ce qui a le plus de valeur.

Ce qui a le plus de valeur ne doit rien coûter.

Et celle-ci : se glorifier le

plus de ce dont on est le moins responsable.

A la moindre rature, — le principe d'inspiration totale est ruiné. — L'intelligence efface ce que le dieu a imprudemment créé. *Il faut donc lui faire une part, à peine de produire des monstres. Mais qui fera le partage ? Si c'est elle, elle est*

donc reine ; et si ce n'est elle, sera-ce donc une puissance tout aveugle ?

Ce grand poète n'est qu'un cerveau plein de méprises. Les unes lui tournent à bien et jouent les bonds étranges du génie. Les autres, qui ne diffèrent pas de celles-là, paraissent telles quelles, des sottises et des jeux de hasard.

C'est quand il veut réfléchir les premières et en tirer des conséquences.

Quelle honte d'écrire, sans savoir ce que sont langage, verbe, métaphores, changements d'idées, de ton ; ni concevoir la structure *de la durée de l'ouvrage, ni les conditions de sa fin ; à peine*

le pourquoi, et pas du tout le comment ! Rougir d'être la Pythie...

RHÉTORIQUE

L'ancienne rhétorique regardait comme des ornements et des artifices ces figures et ces relations que les raffinements successifs de la poésie ont fait enfin connaître comme l'essentiel de son objet ; et que les progrès de l'analyse trouveront un jour comme effets de propriétés profondes, ou de ce qu'on pourrait nommer : sensibilité formelle.

Deux sortes de vers : les vers donnés *et les vers* calculés.

Les vers calculés sont ceux qui se présentent nécessairement sous forme de problèmes à résoudre — *et qui ont pour conditions initiales d'a-*

bord les vers donnés, et ensuite la rime, la syntaxe, le sens déjà engagés par ces données.

Nous sommes toujours, même en prose, conduits et contraints à écrire ce que nous n'avons pas voulu et que veut ce que nous voulions.

Vers. L'idée vague, l'intention, l'impulsion imagée

nombreuse se brisant sur les formes régulières, sur les défenses invincibles de la prosodie conventionnelle, engendre de nouvelles choses et des figures imprévues. Il y a des conséquences étonnantes de ce choc de la volonté et du sentiment contre l'insensible des conventions.

La rime a ce grand suc-

cès de mettre en fureur les gens simples qui croient naïvement qu'il y a quelque chose sous le ciel de plus important qu'une convention. Ils ont la croyance naïve que quelque pensée peut *être plus profonde, plus durable... qu'une convention quelconque...*

Ce n'est pas là le moindre agrément de la rime, et par quoi elle caresse le moins doucement l'oreille.

La Rime — constitue une loi indépendante du sujet et est comparable à une horloge extérieure.

L'abus, la multiplicité des images produit à l'œil de l'esprit un désordre incompatible avec le ton. *Tout*

s'égalise dans le papillotement.

Construire un poème qui ne contienne que poésie est impossible.

Si une pièce ne contient que poésie, *elle n'est pas construite ; elle n'est pas un* poème.

La fantaisie, si elle se fortifie et dure quelque peu, se forge des organes, des principes, des lois, des formes, etc., des moyens de se prolonger, de s'assurer d'elle-même. L'improvisation se concerte, l'impromptu s'organise, car rien ne peut demeurer, rien ne s'affirme et ne franchit l'instant qu'il ne se produise ce qu'il faut pour additionner les instants.

Dignité du vers : un seul mot qui manque empêche tout.

Un certain trouble de la mémoire fait venir un mot qui n'est pas le bon, mais qui devient le meilleur sans désemparer. Ce mot fait école, ce trouble devient système, superstition, etc...

Une correction heureuse, une solution impromptue se déclare, — à la faveur d'un brusque coup d'œil sur la page mécontente et laissée.

Tout se réveille. On était mal engagé. Tout reverdit.

La solution nouvelle dégage un mot important, le rend libre — comme aux échecs, un coup libère ce fou ou ce pion qui va pouvoir agir.

Sans ce coup, l'œuvre n'était pas.

Par ce coup, elle est aussitôt.

Une œuvre dont l'achèvement — le jugement qui la déclare achevée, est uniquement subordonné à la condition qu'elle nous plaise —

n'est jamais achevée. Il y a instabilité essentielle du jugement qui compare l'état dernier et l'état final, le novissimum et l'ultimum. L'étalon de comparaison est inconstant.

Une chose réussie est une transformation d'une chose manquée.

Donc une chose manquée

n'est manquée que par abandon.

DU CÔTÉ DE L'AUTEUR.

VARIANTES.

Un poème n'est jamais achevé — c'est toujours un accident qui le termine, c'est-à-dire qui le donne au public.

Ce sont la lassitude, la de-

mande de l'éditeur, — la poussée d'un autre poème.

Mais jamais l'état même de l'ouvrage (si l'auteur n'est pas un sot) ne montre qu'il ne pourrait être poussé, changé, considéré comme première approximation, ou origine d'une recherche nouvelle.

Je conçois, quant à moi, que le même sujet et presque les mêmes mots pourraient être repris indéfiniment et occuper toute une vie.

« Perfection »
c'est travail.

Si l'on se représentait toutes les recherches que suppose la création ou l'adoption d'une forme, *on ne l'opposerait jamais bêtement au* fond.

On est conduit à la Forme *par le souci de laisser au*

lecteur le moins de part qu'il se puisse — et même de se laisser à soi-même le moins d'incertitude et d'arbitraire possible.

Une mauvaise forme est une forme que nous sentons le besoin de changer et changeons de nous-mêmes ; une forme est bonne que nous répétons et imitons sans pouvoir la modifier heureusement.

La forme *est essentiellement liée à la* répétition.

L'idole du nouveau est donc contraire au souci de la forme.

Véritables et bonnes règles.

Les bonnes règles sont celles qui rappellent et imposent les caractères des meilleurs moments. Elles sont tirées de l'analyse de ces moments favorisés.

Ce sont règles pour l'au-

teur, bien plus que pour l'œuvre.

Si vous avez toujours du goût, *c'est que vous ne vous êtes jamais risqué bien avant dans vous-même.*

Si vous n'en avez point, c'est que vous vous y êtes risqué sans profit.

Toutes les parties d'une œuvre doivent « travailler ».

Les parties d'un ouvrage doivent être liées les unes aux autres par plus d'un fil.

THÉORÈME.

Quand les œuvres sont très courtes, l'effet du plus mince

détail est de l'ordre de grandeur de l'effet de l'ensemble.

Est prose l'écrit qui a un but exprimable par un autre écrit.

CONSEIL A L'ÉCRIVAIN.

Entre deux mots, il faut choisir le moindre.

(Mais que le philosophe entende aussi ce petit conseil.)

Notre langue est si bizarre qu'elle nous réduit soit à faire une faute, soit à chercher des tours, pour éviter les conséquences hideuses de l'application des règles. Imparfait du subjonctif.

Écrivains. Ceux pour qui une phrase n'est pas un acte inconscient, analogue à la manducation et à la déglutition d'un homme pressé qui ne sent pas ce qu'il mange.

La mémoire est juge de l'écrivain. Elle doit ressentir si son Homme conçoit et fixe des formes oubliables ; *et l'avertir. Lui dire : ne t'arrête*

pas à ceci dont je sens que je ne le garderai pas.

Dans le très beau style, la phrase se dessine — l'intention se devine — les choses demeurent spirituelles.

En quelque sorte, la parole demeure pure comme la lumière quoi qu'elle traverse et touche. Elle laisse des ombres calculables. Elle ne se perd pas dans les couleurs qu'elle provoque.

« Et mon vers, bien ou *MAL*, dit *TOUJOURS* quelque chose. »

Voilà le principe et le germe d'une infinité d'horreurs.

Bien *ou* Mal, — *quelle indifférence !*

Quelque chose, — *quelle présomption !*

Racine écrit à Boileau sur le IIᵉ Cantique, et discute l'emploi du mot Misérables, au lieu de : Infortunés.

Ces minuties qui font le beau et sont l'atome du pur ont bien disparu du souci littéraire.

Ce vers célèbre qui tient tout un roman de Balzac dans ses douze syllabes, — on a été jusqu'à l'expliquer par une histoire de domestique !

La vérité est plus simple. Elle est évidente à un poète — c'est que ce vers est venu *à Baudelaire, et il est né avec son air de romance sentimen-*

tale — de reproche bête et touchant.

Et Baudelaire a continué. Il a enterré la cuisinière dans une pelouse, ce qui est contre la coutume, mais selon la rime, etc.

POÉSIE PHILOSOPHIQUE.

« J'aime la majesté des souffrances humaines » (Vi-

gny). Ce vers n'est pas pour la réflexion. Les souffrances humaines n'ont pas de majesté. Il faut donc que ce vers ne soit pas réfléchi.

Et il est un beau vers, *car — « majesté » et « souffrances » forment un bel* accord *de deux mots* importants.

Les ténesmes, la rage de dents, l'anxiété, l'abattement du désespéré n'ont rien de grand, rien d'auguste. Le sens de ce beau vers est impossible.

Un non-sens peut donc avoir une résonance magnifique.

De même, dans Hugo :

« Un affreux soleil noir d'où rayonne la nuit. »

Impossible à penser, ce négatif *est admirable.*

Le critique ne doit pas

être un lecteur, mais le témoin d'un lecteur, celui qui le regarde lire et être mû. L'opération critique capitale est la détermination du lecteur. La critique regarde trop vers l'auteur. Son utilité, sa fonction positive pourrait s'exprimer par des avis de la forme suivante : Je conseille aux personnes de telle complexion et de telle humeur de lire tel livre.

Un ouvrage est une section *d'un développement intérieur par l'acte qui le livre au public, ou par celui de le juger* achevé. *Le critique doit juger* cet acte *et non l'œuvre. Ainsi le magistrat ne juge pas le meurtre même ou le larcin commis, mais il juge l'état de celui dont les coupables rêveries ont dû tout à coup s'interrompre et se dé-*

charger dans une action criminelle. Il apprécie la résistance d'un certain seuil.

Quand l'ouvrage a paru, son interprétation par l'auteur n'a pas plus de valeur que toute autre par qui que ce soit.

Si j'ai fait le portrait de Pierre, et si quelqu'un trouve que mon ouvrage ressemble à

Jacques plus qu'à Pierre, je ne puis rien lui opposer — et son affirmation vaut la mienne.

Mon intention n'est que mon intention et l'œuvre est l'œuvre.

L'objet d'un vrai critique devrait être de découvrir quel problème l'auteur (sans le savoir ou le sachant) s'est

posé, et de chercher s'il l'a résolu ou non.

Tout ce que l'on peut reprocher à un auteur, c'est de s'être déclaré satisfait quand on ne croit pas qu'on l'eût été soi-même. Il faut donc le louer quand on découvre par un document qu'il ne s'est pas contenté d'un état

qui nous eût nous-mêmes satisfaits.

POUR LA GALERIE.

Injures sont pour la galerie.

CLARTÉ.

« Ouvrez cette porte. » Voici une phrase claire. —

Mais si on nous l'adresse en rase campagne, nous ne la comprenons plus. Mais si toutefois c'est dans un sens figuré, elle peut être comprise.

Or, ces conditions si variables, un esprit d'auditeur les ajoute ou non, *est capable ou non de les* fournir.

ET CÆTERA. ET CÆTERA.

Mallarmé n'aimait pas cette locution, — ce geste qui élimine l'infini inutile. Il la proscrivait. Moi qui la goûtais, je m'étonnais.

L'esprit n'a pas de réponse plus spécifique. C'est lui-même que cette locution fait intervenir.

Pas d'Etc. dans la nature, qui est énumération totale et impitoyable. Énumération totale. — La partie pour le tout n'existe pas dans la na-

ture — L'esprit ne supporte pas la répétition.

Il semble fait pour le singulier. Une fois pour toutes. Dès qu'il aperçoit la loi, la monotonie, la récurrence, il abandonne.

Si les lecteurs n'étaient passifs, mais qu'ils fussent actifs, et eux-mêmes, la littérature changerait rapide-

ment d'aspect et inclinerait vers... Le lecteur actif fait des expériences sur les livres — il essaye des transpositions.

Il arrive sur bien des sujets que les hommes se comprennent entre eux bien mieux qu'ils ne se comprennent soi-mêmes. *Les mêmes mots, obscurs pour le solitaire qui se*

perd dans leur « sens », sont clairs de l'un à l'autre.

Un ouvrage est d'autant plus clair *qu'il contient plus de choses que le lecteur eût formées lui-même sans peine et sans pensée.*

Ce qui plaît beaucoup a

les caractères statistiques. Ses qualités moyennes.

Le genre le plus bas est celui qui exige de nous le moindre effort.

PLAIRE.

Songez à ce qu'il faut pour plaire à trois millions de lecteurs.

Paradoxe : il en faut moins *que pour ne plaire qu'à cent personnes* exclusivement.

— *Mais celui qui plaît aux millions se plaît toujours à soi-même, et celui qui ne plaît qu'au peu généralement se déplaît à soi.*

Lorsqu'une doctrine est attaquée par une autre, il

faut se dire toujours que si la vieille était encore inconnue et la récente en possession, la vieille aurait tous les charmes de la jeune.

Les perruques ont été poils follets et prodigieuse nouveauté.

Qui inventerait l'alexandrin dans un monde littéraire où le vers eût toujours été libre, *passerait pour insensé et donc entraînerait les révolutionnaires.*

Dire qu'on a inventé la « nature » et même « la vie » ! On les a inventées plusieurs fois et de plusieurs façons...

Tout revient comme les jupes et les chapeaux.

La surprise, objet de l'art ? Mais on se trompe souvent sur le genre de surprise qui est digne de l'art.

Il n'y faut pas de surprises finies qui consistent dans le seul inattendu ; mais des surprises infinies, qui soient obtenues par une disposition toujours renaissante, et contre laquelle toute l'attente du monde ne peut prévaloir. Le beau surprend non par manque d'adaptation préparée, non par le seul choc ; mais au contraire par une telle adaptation que nous ne puissions trouver par nous-mêmes de quoi en faire et en concevoir une aussi parfaite.

Le nouveau est, par définition, la partie périssable des choses. Le danger du nouveau est qu'il cesse automatiquement de l'être et qu'il le cesse en pure perte. Comme la jeunesse et la vie.

Essayer de s'opposer à cette

perte c'est donc agir contre *le nouveau.*

Chercher donc le nouveau en tant qu'artiste, c'est ou bien chercher à disparaître ; ou chercher sous le nom du nouveau, toute autre chose, et se livrer à une méprise.

Le nouveau n'a d'attraits irrésistibles que pour les esprits qui demandent au sim-

ple changement leur excitation maxima.

Ce qui est le meilleur dans le nouveau *est ce qui répond à un désir* ancien.

Les expériences les plus étranges, l'essai de vivre sous toutes les latitudes psychologiques, à tous les étages

de la sensibilité — ont enfin cet effet de faire revenir à la maison paternelle, *aux coutumes qui à force d'antiquité avaient paru étranges, aux règles qui avaient perdu leur raison — pour enfin comprendre ces mystères trop familiers et leur trouver des raisons, des charmes, des profondeurs, une habitabilité nouvelle, comme rajeunis par la perspective qu'ils ont prise dans l'éloignement.*

Il y a éternel conflit entre les choses produites par l'accumulation, par les siècles, par la collaboration de beaucoup d'hommes, de circonstances, de temps, — d'une part ; et l'homme qui naît, qui vient et se heurte à ces choses qu'il n'eût pas inventées, — car personne en particulier ne les a inventées.

Tout grand homme s'entretient de l'illusion qu'il pourra prescrire quelque chose à l'avenir ; c'est là ce qu'on nomme durer.

Mais le temps est un rebelle, — et si quelqu'un semble lui résister, si quelque œuvre flotte et fluctue et n'est pas promptement engloutie — on trouvera toujours que c'est une œuvre bien diffé-

rente de celle que son auteur avait cru laisser.

L'œuvre dure en tant qu'elle est capable de paraître tout autre que son auteur l'avait faite.

Elle dure pour s'être transformée, et pour autant qu'elle était capable de mille transformations et interprétations.

Ou bien c'est qu'elle comporte une qualité indépendante de son auteur, non créée par lui, mais par son époque ou sa nation, et qui prend valeur par le changement d'époque ou de nation.

La durée des œuvres est celle de leur utilité.

C'est pourquoi elle est discontinue. Il y a des siècles pendant lesquels Virgile ne sert à rien.

Mais tout ce qui fut, et

qui n'a pas péri, a ses chances de revivre. On a besoin *d'un exemple, d'un argument, d'un précédent, d'un prétexte.*

Et voilà quelque livre mort qui s'agite et reparle.

Le meilleur ouvrage est celui qui garde son secret le plus longtemps.

Pendant longtemps on ne

se doute même pas qu'il a son secret.

Dans les arts et les sciences il y a des Marchepieds.

Tantôt ce sont des « originaux » qui ont entrevu, qui n'ont pas saisi ni maîtrisé leurs espoirs. Ils n'ont fait que subir les éclairs de leur espoir.

Tantôt ce sont des patients,

des acharnés qui ont accumulé les travaux et expirent sur un tas, sur lequel vient fondre quelque autre, et battre des ailes.

*Là où je suis arrivé avec peine, à bout de souffle, un autre surgit, frais et plein de liberté, qui saisit l'*idée, *la détache de ma fatigue et de mes doutes, la regarde*

dans sa généralité, sa légèreté, jongle avec elle, s'en fait un instrument et une parure, ignore le mal et le sang qu'elle a coûté.

Nous usons comme de dons gratuits, de mille choses qui ont été payées par des vies humaines, de perles dont le pêcheur a vomi le sang, de livres échappés au bûcher...

L'imitation qu'on en fait dépouille une œuvre de l'inimitable.

CLASSIQUE.

Aux anciens, le monde céleste apparaissait plus ordonné qu'il ne le semble à nous, et par là, totalement distinct du nôtre ; et dans les rapports de ces mondes, ils ne concevaient point de réciprocité.

Le monde terrestre leur apparaissait fort peu réglé.

Ce qui les frappait, c'était le hasard, la liberté, *le caprice (car le hasard est la liberté des choses, l'impression que nous avons de la pluralité et de l'indifférence des solutions).*

Le Fatum était chose va-

gue, qui l'emportait sans doute à la longue et dans l'ensemble (comme la loi des grands nombres), mais prières, sacrifices, pratiques, étaient possibles.

L'homme avait encore quelque pouvoir dans les occurrences où son action directe est inapplicable.

Et donc, mettre de l'ordre *lui paraissait* divin.

Ce qui distingue l'art grec de l'art oriental, c'est

que celui-ci ne s'occupe que de donner du plaisir, le grec cherchant à rejoindre la beauté, *c'est-à-dire à donner une forme aux choses qui fît songer à l'ordre universel, à la sagesse divine, à la domination par l'intellect, toutes choses qui n'existent pas dans la nature proche, tangible, donnée, toute faite* d'accidents.

VARIATIONS SUR LE CLASSIQUE.

Un écrivain classique est un écrivain qui dissimule ou résorbe les associations d'idées.

CLASSIQUES.

Grâce aux règles bizarres, dans la poésie fran-

çaise classique, la distance entre la « pensée » *initiale et* « l'expression » *finale est la plus grande possible. Ceci est de conséquence. Un travail se place entre l'*émotion *reçue ou* l'intention *conçue, et l'achèvement de la* machine *qui la restituera, ou restituera une* affection *analogue. Tout est redessiné ; la pensée reprise, etc.*

Ajoutez à ceci que les hommes qui ont porté cette

poésie au plus haut point, étaient tous traducteurs. *Rompus à transporter les anciens dans notre langue.*

Leur poésie est marquée de ces habitudes. Elle est une traduction, une belle infidèle, — *infidèle à ce qui n'est pas en accord avec les exigences d'un langage pur.*

Autre définition du clas-

sique — pas plus arbitraire.

Un art est classique s'il est adapté non tant aux individus, qu'à une société organisée et bien définie (quant aux mœurs) —

Le mariage en France, fut chose classique ; — il l'est encore un peu.

Il se faisait tout comme une comédie du répertoire. Il y avait des rôles consacrés. Le drame commençait par une rencontre fortuite et combinée. Est-ce Toi, chère Élise ?.. *Les parents causaient par notaires interposés.*

On confond paisiblement sous le nom de classiques des écrivains qui disaient bien peu de chose dans d'immenses phrases ; d'autres qui ont avec naturel *prononcé des vérités de bonnes femmes ; d'autres qui montrent une*

vigueur vulgaire, ou une redondance de plaidoyer, ou une élégance exquise affectée ; d'autres qui observent un ordre apparent très souligné, ou des règles de jeu.

Classique et culture — au sens propre du mot — taille, greffe, sélection, émondage.

Ainsi greffe de Grec sur

Français — de Tacite sur Jésuite, d'Euripide sur Janséniste.

Régressions brusques au fruit sauvage.

A partir du romantisme, l'on imite la singularité *au lieu d'imiter, comme jadis, la* maîtrise.

L'instinct d'imitation est demeuré le même. Mais le

moderne y ajoute une contradiction.

La maîtrise, le mot le dit, est de sembler commander aux moyens de l'art — au lieu d'en être visiblement commandé.

L'acquisition de la maîtrise suppose donc l'habitude prise de penser ou de combiner à partir *des* moyens *et de ne penser à une œuvre qu'en fonction des moyens : ne jamais aborder une œu-*

vre par un sujet ou un effet imaginés à part des moyens.

Il en résulte que la maîtrise est parfois prise en défaut et vaincue par quelque original, *qui, par chance ou par don, crée de* nouveaux moyens — *et semble d'abord mettre au monde un monde nouveau. Mais il ne s'agit jamais que de moyens.*

Le théâtre classique privé de la description. Est-il naturel *qu'un* personnage *ait le pittoresque à la bouche ?*

Un personnage ne doit voir que ce qu'il est nécessaire et suffisant qu'il voie pour l'action, — et c'est bien ce que la plupart des hommes voient. *Les classiques par là sont justifiés et confirmés par l'observation. L'homme moyen est abstrait, c'est-à-dire qu'il se réduit (à ses propres yeux et aux yeux de ses pareils) — à sa préoccupation du moment. Il ne perçoit que ce qui se rattache à elle...*

Entre classique et romantique la différence est bien simple : c'est celle que met un métier entre celui qui l'ignore et celui qui l'a appris. Un romantique qui a appris

son art devient un classique. Voilà pourquoi le romantisme — a fini par le Parnasse.

Ce sont choses profondément différentes que d'avoir du « génie » et que de faire une œuvre viable. Tous les transports du monde ne donnent que des éléments discrets.

Sans un calcul assez juste, l'œuvre ne vaut — ne marche *pas. Un poème excellent suppose une foule de raisonnements exacts. Question non tant de* forces, *que d'application de forces. Et à qui, appliquées ?*

Les vrais amateurs d'une œuvre sont ceux qui dépensent à la regarder en elle-

même et en eux-mêmes, au moins autant de désir et de temps qu'il en fallut pour la faire.

Mais plus intéressés *encore, ceux qui la craignent et qui la fuient.*

Une œuvre est faite par une multitude « d'esprits » et d'événements — (ancêtres, états, hasards, écrivains

antérieurs, etc.) — sous la direction de l'Auteur.

Ce dernier doit donc être un profond politique attaché à mettre d'accord ces larves et ces actions intellectuelles concurrentes. Il faut ruser ici ; et là, passer ; il faut retarder, éconduire, supplier de venir, intéresser à l'ouvrage. — Évocations, conjurations, séductions — nous n'avons à l'égard de notre personnel et matériel intérieurs que des ressources de l'ordre magique et symbolique. La directe volonté ne sert de rien ; elle n'a pas de prise sur les hasards de cet ordre auxquels il faut opposer quelque puissance aussi imprévue, aussi vive et variables qu'eux-mêmes.

Les théories d'un artiste le séduisent toujours à aimer

ce qu'il n'aime pas et à n'aimer pas ce qu'il aime.

La littérature oscille entre l'amusement, l'enseignement, la prédication ou propagande, l'exercice de soi-même, l'excitation des autres.

On dit d'un livre qu'il

est « vivant » quand il est aussi désordonné que la vie, vue de l'extérieur, semble l'être à un observateur accidentel.

On dirait qu'il ne l'est pas, s'il présentait une régularité, des symétries, des retours périodiques comme ceux qui paraissent dans la structure et les fonctionnements de la vie méthodiquement regardée.

Et donc ce qu'il y a d'es-

sentiel à la vie, ce qui la supporte, la compose, l'engendre ou la transmet de chaque instant à chaque instant, — est (et doit être) absent des représentations littéraires de la vie, et leur est non seulement étranger, mais ennemi.

Il est remarquable que les conventions de la poésie régulière, les rimes, les césures fixes, les nombres égaux de syllabes ou de pieds imitent le régime *monotone de la machine du corps vivant, et peut-être procèdent de ce mécanisme des fonctions fondamentales qui répètent l'acte de vivre, ajoutent élément de vie à élément de vie, et construisent le temps de la vie au milieu des choses, comme s'exhausse dans la mer un édifice de corail.*

THÉATRE.

Toute pièce de théâtre est une charade.

Une loi du théâtre est que le spectateur puisse et doive toujours s'identifier, s'unir — à quelqu'un qui est sur la scène. Par quoi il fait partie de la pièce et la joue,

— *ce que signifie le mot* d'intérêt : *Être dans l'affaire.*

Il s'agit moins de soulever les hommes que de les saisir. Des écrivains et des poètes, les uns sont comparables à des chefs d'émeutes, à des orateurs qui surgissent et semblent les maîtres absolus du peuple en quelques

instants, etc. Les autres arrivent plus lentement au pouvoir et s'en emparent en profondeur. Ils font les empires durables.

Les premiers déchirent les lois, mettent le feu aux têtes — prennent l'ampleur orageuse du ciel qu'ils illuminent d'incendies. Les autres font les lois.

Une œuvre d'art (ou généralement, de l'esprit) est importante quand son existence détermine, appelle, supprime l'existence d'autres œuvres déjà faites ou non.

Elle sensibilise l'âme pour des œuvres toutes différentes, ou elle commence, ou elle termine, etc.

Il y a dans la littérature

une confusion des œuvres où l'on ne distingue pas tout d'abord celles qui agitent et excitent l'esprit, de celles qui l'approfondissent et l'organisent. Il est des œuvres pendant lesquelles *l'esprit se plaît d'être loin de soi-même, et d'autres* après lesquelles *il se complaît de se retrouver plus soi que jamais.*

Indéfinissable. La gloire ne s'attache pas facilement aux œuvres que le public ne peut pas aisément se définir, qui n'entrent pas dans une simple catégorie. D'ailleurs quand cette complexité se rencontre non plus dans les œuvres, mais dans le caractère, la « sympathie » n'est pas excitée à l'égard des personnes qui ne se résolvent pas en peu d'épithètes.

Nos jugements impliquent

ce postulat caché : Tout individu *et* toute œuvre peut se définir par un petit nombre d'épithètes. *Si ce nombre croît, l'*existence *du livre ou de l'homme est compromise (dans l'univers de l'opinion).*

SUPERSTITIONS LITTÉRAIRES.

J'appelle ainsi toutes croy-

ances qui ont de commun l'oubli de la condition verbale de la littérature.

Ainsi existence et psychologie *des* personnages, *ces vivants* sans entrailles.

Remarque. La hardiesse impudique dans les arts (ce que l'on peut tolérer publiquement) croît en raison inverse de la précision des ima-

ges — Pas de duos d'amour en peinture publique.

En musique, tout est permis.

La vie de l'homme est comprise entre deux genres littéraires. On commence par écrire ses désirs et l'on finit par écrire ses Mémoires.

On sort de la littérature et on y revient.

J'appelle un beau livre celui qui me donne du langage une idée plus noble et plus profonde. Ainsi la vue d'un beau corps ennoblit notre idée de la vie.

Cette manière de sentir conduit à juger de la littérature en général, et de chaque livre en particulier, selon ce qu'ils supposent ou suggèrent de présence et de liberté d'esprit, de conscience, de coordination et de posses-

*sion de l'*univers des mots.

L' « écrivain » : Il en dit toujours plus et moins qu'il ne pense.

Il enlève et ajoute à sa pensée.

Ce qu'il écrit enfin ne correspond à aucune pensée réelle.

C'est plus riche et moins riche. Plus long et plus bref. Plus clair et plus obscur.

C'est pourquoi celui qui veut reconstituer un auteur à partir de son œuvre se construit nécessairement un personnage imaginaire.

Les impressions d'un singe seraient d'une grande valeur littéraire, — aujourd'hui. *Et si le singe les signait d'un nom d'homme, ce serait un homme de génie.*

Un homme d'intelligence profonde et impitoyable pourrait-il s'intéresser à la littérature? Sous quel rapport? Où la placerait-il dans son esprit?

Construire un petit monument à chacune de ses dif-

ficultés. Un petit temple à chaque question.

Sa stèle, à chaque énigme.

Ce livre
a été tiré a
Cinquante exemplaires sur papier
impérial du Japon numérotés
de 1 a 50
Quatre mille exemplaires sur papier
blanc d'Alfa numérotés
de 51 a 4050

La typographie de
Maurice Darantiere
fut achevée
en aout
M. CM. XXX

Exemplaire Numéro

www.ingramcontent.com/pod-product-compliance
Lightning Source LLC
LaVergne TN
LVHW012020220826
846092LV00001B/425